Ronald Zürrer

Schönheit des Inneren

Ronald Zürrer

Schönheit des Inneren

170 kleine Lebensvorsätze

frisch gepflückt
vom Baum der Tugenden

Govinda-Verlag

Kontaktadressen:

Schweiz	Govinda-Verlag, Postfach, 8053 Zürich
Deutschland	Govinda-Verlag, Postfach, 79798 Jestetten
Internet	govinda.ch
	poesie-postkarten.ch

Erste Auflage – Oktober 2015

Layout & Einbandgestaltung: Ronald Zürrer
Einbandbild: © Fotolia.com / Unclesam
Gesamtherstellung: FINIDR
Printed in Czech Republic

ISBN 978-3-905831-39-9

Zum Geleit

Am Baum der Tugenden prangen unzählig viele Früchte, deren Süße und Heilkraft uns von der geistigen Natur großzügig und unaufdringlich dargeboten werden.

Als Menschen auf diesem Schulungsplaneten Erde haben wir alle das angeborene Recht, jederzeit von diesen Früchten zu kosten und uns an ihnen zu laben. Wir haben allerdings ebenso das Recht, dem Baum der Tugenden keine Beachtung zu schenken.

Dieses kleine Buch richtet sich an Menschen, deren Wunsch es ist, das Angebot der Tugendhaftigkeit wahrzunehmen und Zeit und Aufmerksamkeit auf das Entfalten von Tugenden zu richten – also von erhebenden Charaktereigenschaften, die beitragen zur **Schönheit des Inneren**. Hierfür habe ich einige Tugendfrüchte sowie auch gewisse ethische Werte, die mir besonders bedeutsam und glückverheißend erscheinen, vom Baum der Tugenden gepflückt sie in Form von kleinen Lebensvorsätzen aus meiner persönlichen Sicht erläutert.

Was mich betrifft, so bin ich zwar noch weit davon entfernt, alle diese wundervollen Werte und Tugenden in meinem eigenen Leben bereits vollständig entfaltet zu haben; aber ich bin zuversichtlich, dass allein schon die ernsthafte Beschäftigung mit ihnen eine heilsame und erhebende Wirkung auf mich zeitigen wird. So greife ich mir einfach immer mal wieder eine Tugend heraus und bemühe mich dann zunächst darum, ihr Wesen in der Tiefe zu ergründen. Danach lenke ich meine Achtsamkeit bewusst auf die Qualität dieser Tugend und beobachte ihr Wirken in meinem Alltag, etwa in meinem Austausch mit anderen Menschen oder mit mir selbst oder auch in der Erfüllung meiner beruflichen, sozialen und familiären Pflichten.

Auf diese Weise – indem ich mich auf das Wesen und das Wirken einer bestimmten Tugend konzentriere –, mache ich die Erfahrung, dass sich diese Tugend allmählich in meinem Bewusstsein entfaltet und beginnt, mein Denken und Fühlen, mein Sprechen und Handeln zu durchdringen und zu bereichern.

Um Sie, liebe Leserin und lieber Leser, ebenfalls zu einer solchen Erfahrung einzuladen, habe ich dieses Buch zusammengestellt. Die 170 ausgewählten Tugenden und Werte sind alphabetisch geordnet, und so lässt sich das Bändchen mindestens auf zweierlei Art nutzen: Man kann es erstens im wörtlichen Sinne einmal von A bis Z durchlesen und es dann für immer beiseite legen. Oder man kann es als ein Aufschlagewerk verstehen, es immer mal wieder zur Hand nehmen und «zufällig» auf einer Seite öffnen, um sich vom Schicksal (genauer gesagt, vom begleitenden Engel) eine zu diesem Moment oder zur aktuellen Lebensphase gerade passende Tugend zeigen zu lassen. Daraufhin könnte man, wie zuvor an meinem eigenen Beispiel beschrieben, sich vornehmen, sich in seinem Alltag für eine gewisse Zeit – einen Tag, eine Woche oder auch einen Monat – auf das Wesen und Wirken der betreffenden Tugend zu konzentrieren.

Pflücken also auch Sie nach Herzenslust vom großzügigen Baum der Tugenden und erklären Sie, wenn Sie das möchten, regelmäßig eine bestimmte Tugend zu Ihrer persönlichen «Tagestugend» oder «Tugend der Woche» oder «Tugend des Monats». Sie werden vermutlich überrascht sein, welch erfreuliche Auswirkungen dies auf Ihr Leben haben wird.

Herzlich,
Ronald Zürrer

Achtsamkeit

Ich achte auf meine Wünsche, denn sie werden zu meinen Gedanken und Gefühlen. Ich achte auf meine Gedanken und Gefühle, denn sie werden zu meinen Worten und Taten. Ich achte auf meine Worte und Taten, denn sie werden zu meinem Schicksal.

ॐ

Anerkennung

Ich versuche, meine Mitmenschen genauso, wie sie sind, zu erkennen und anzuerkennen – mit allen ihren Schönheiten und Liebenswürdigkeiten, mit allen ihren Makeln und Eigenheiten. Ich lege mir kein künstliches Idealbild zurecht, wie andere Menschen zu sein haben. In gleicher Weise anerkenne ich auch mich selbst ohne Vorbehalte so, wie ich bin.

ॐ

Anpassungsfähigkeit

Ich halte meine eigenen Standpunkte nicht für das einzig richtige Maß aller Dinge und nähere mich daher gerne auch den Wünschen und Bedürfnissen meiner Mitmenschen an. Meine Anpassungsfähigkeit und Kompromissbereitschaft gehen allerdings nicht so weit, dass ich mich selbst verleugne, bloß um anderen zu gefallen.

Anspruchslosigkeit

Ich erhebe keinerlei Besitzanspruch auf fremdes Eigentum. Stattdessen vertraue ich auf die Gerechtigkeit und Güte des Lebens und verlasse mich darauf, dass mir alles wirklich Notwendige zuteil werden wird, auch ohne dass ich unredlich handle.

ॐ

Ausdauer / Durchhaltevermögen

Ich verstehe das Wirken der Zeit und bin mir im Klaren darüber, dass hier auf der Erde alles seine Weile erfordert, um sich aus der Idee in die Tat und aus der Tat in die Tatsache zu manifestieren. Daher übe ich mich in langem Atem, halte durch und gebe ich nicht auf, ehe mein Wunsch sich erfüllt oder ich ihn freiwillig loslasse.

ॐ

Ausgeglichenheit / Balance

Ich bemühe mich in meinem Dasein sowohl um innere als auch um äußere Balance und Ausgeglichenheit. Ich vermeide die Extreme des Zuviel und des Zuwenig und übe Duldsamkeit gegenüber den unvermeidlichen körperlichen und mentalen Störungen und Leiden, die das Erdenleben mit sich bringt. Je mehr ich auf diese Weise mit der kosmischen Harmonie in Einklang schwinge, desto weniger herausfordernd und problematisch wird meine Lebensreise.

Authentizität

Ich bemühe mich, in jeder Situation meines Lebens authentisch, ehrlich und unverlogen zu sein. Ich gebe acht darauf, dass die vier Energien meiner Gedanken, meiner Gefühle, meiner Worte und meiner Taten allesamt im Einklang miteinander stehen und mich nicht innerlich zerreißen. Ich lasse es nicht zu, dass ich zum Beispiel anders denke als ich fühle, dass ich anders spreche als ich handle oder dass ich anders handle als ich denke.

ॐ

Bedachtsamkeit

Ich achte auf meine inneren Beweggründe, bevor ich etwas sage oder tue.

ॐ

Bedürfnislosigkeit

Mein wahrer Reichtum ist Bedürfnislosigkeit. Je weniger Dinge ich benötige, desto reicher fühle ich mich.

Begeisterungsfähigkeit / Enthusiasmus

Ich gehe in meine Tiefe, ergründe meine ureigensten Wünsche und Bedürfnisse und begeistere mich dafür, sie mir mit vollem Herzblut zu erfüllen. Ich bin Feuer und Flamme für das, was mir entspricht und wofür ich bestimmt bin.

ॐ

Bereitschaft zu Neuem/ Neumut

Ich hafte nicht am Vergänglichen und habe den Mut, Neues zu wagen. Ich bin bereit, das Alte loszulassen und das Neue willkommen zu heißen – seien es neue Lebensumstände, neue Wünsche, neue Gefühle, neue Konzepte, neue Güter, neue Menschen oder gar neue Dimensionen.

ॐ

Bescheidenheit

Ich anerkenne, dass ich weder allwissend noch allmächtig noch unfehlbar bin. Ich anerkenne, dass meine Sinne, meine Gefühle und mein Verstand mich jederzeit täuschen können. Und ich anerkenne, dass meine Worte und Taten immer mangelhaft sind. Worauf also sollte ich eingebildet sein?

Beständigkeit

Ich fürchte mich nicht vor meiner vermeintlichen Vergänglichkeit oder vor der Unbeständigkeit all dessen, was ich tue und erschaffe. Denn ich weiß, dass das, was mich in meinem innersten Wesenskern ausmacht, immerfort Bestand hat.

ॐ

Brüderlichkeit / Schwesterlichkeit

Ich erkenne in allen Menschen liebevoll meine Geschwister und Weggefährten – ungeachtet ihrer Herkunft und Hautfarbe, ihrer Überzeugungen und Taten. Ich begegne ihnen stets als Bruder (bzw. Schwester) und als Freund, niemals als Fremder oder als Feind.

ॐ

Dankbarkeit

Ich bin dankbar für jede einzelne Erfahrung in meinem Leben: Ich bin dankbar dafür, dass alles genauso ist, wie es ist, und ich bin dankbar dafür, dass ich jederzeit die Möglichkeit habe, es zu verbessern.

Demut

Ich habe den Mut zu dienen, da ich gewahre, dass es etwas Höheres gibt als mich und mein gegenwärtiges menschliches Dasein. Aus dieser Einsicht schöpfe ich die Fähigkeit, mich frei von Hochmut und frei von Unterwürfigkeit anderen zu verschenken, ohne dabei mich selbst zu verlieren.

ॐ

Dharma

Ich kenne meine Lebensaufgaben und meine Bestimmung, und ich gebe meine Zeit, meine Aufmerksamkeit und mein ganzes Herzblut darein, sie zu erfüllen. Denn ich weiß, dass ich nur dann in meinem Dasein glücklich werden kann, wenn ich meiner Bestimmung folge.

ॐ

Distanzfähigkeit

Manchmal gehe ich ein wenig in die Distanz zu allen äußeren Umständen, um einen klareren Überblick auf mein Leben zu erhalten. So nehme ich meine täglichen Verrichtungen, meine Gedanken, Emotionen, Pläne und Wünsche aus einer erhöhten, erweiterten Perspektive wahr und erkenne viel besser, was als nächstes zu tun oder zu lassen ist.

Durchsetzungsvermögen

Ich setze meine Standpunkte und meine notwendigen Lebensschritte konsequent durch, ohne mich von Hindernissen oder von Außenstehenden beirren oder aufhalten zu lassen. Ich achte jedoch dabei darauf, dass ich andere nicht übersehe, übervorteile oder verletze.

ॐ

Echtheit

Ich bin immer und unter allen Umständen aufrichtig mit mir selbst und zwinge mich nicht krampfhaft, anders zu sein als ich bin oder gar perfekt zu sein. In gleicher Weise bin ich auch immer echt in dem, was ich anderen von mir zeige.

ॐ

Ehrlichkeit

Ich distanziere mich von Unehrlichkeit und Doppelzüngigkeit und lüge niemals – weder gegenüber anderen noch gegenüber mir selbst. Ich distanziere mich in gleicher Weise auch von unehrenhaften, betrügerischen Geschäften.

Eigenverantwortung

Ich mache niemals andere für mein Leiden oder für irgendetwas, das mir auf meinem Lebensweg widerfährt, verantwortlich. Denn ich weiß, dass ich jederzeit meines eigenen Glückes Schmied bin.

ॐ

Einfachheit

Mein Leben ist dann kompliziert, wenn ich es mir in meinem Denken und Fühlen kompliziert mache. Genauso ist es dann einfach, wenn ich es mir in meinem Denken und Fühlen einfach gestalte. Die Wahl liegt also jederzeit bei mir. Und übrigens: Einfachheit ist gar nicht so kompliziert.

ॐ

Einfühlsamkeit / Sensibilität

Ich übe die Fähigkeit, mich sensibel in die Gefühlsschwingungen anderer einzufühlen. Auf diese Weise gelingt es mir, ihr derzeitiges Empfinden und ihre momentane Befindlichkeit besser zu gewahren und ihnen dann ehrliches, aufrichtiges Verständnis und Wohlwollen zu schenken.

Einsicht

Ich sehe ein, dass alle einseitig-materiellen Bemühungen letztendlich ohne Bestand sind. Daher richte ich einen Teil meiner Aufmerksamkeit schon jetzt auf das, was jenseits der vergänglichen Materie auf mich wartet.

ॐ

Einverstandensein

Ich versuche nicht, Dinge zu ändern, die ich nicht ändern kann, sondern bin klaglos einverstanden damit, dass sie so sind, wie sie nun einmal sind. Ebenso wenig klage ich über jene Dinge, die ich ändern kann; stattdessen ändere ich sie.

ॐ

Einzigartigkeit

Ich wertschätze mich selbst genau so, wie ich bin, ohne mich mit anderen zu vergleichen oder wie jemand anders sein zu wollen. Denn die Schönheit eines jeden Menschen gründet in seiner Einzigartigkeit.

Empfangen

Ich erkenne, dass ich aus mir selbst heraus liebesfähig und auch liebenswürdig bin. Je mehr ich lieben kann – mich selbst, andere Menschen und Geschöpfe, die Erde, das Leben, Gott –, desto mehr bin ich auch befähigt, in Dankbarkeit von anderen Segen und Liebe zu empfangen. Das ganze Wechselspiel von Nächstenliebe und gegenseitigem Verschenken geht nur dann auf, wenn wir auch zum Empfangen bereit sind.

ॐ

Entsagungskraft

Stetig und geduldig übe ich die Fähigkeit, allem Überflüssigen in meinem Leben zu entsagen. Aus dieser Kraft heraus lerne ich allmählich, das Wertlose loszulassen und meine Hände frei zu machen, um dann das tatsächlich Wertvolle zu empfangen.

ॐ

Entscheidungskraft

Ich fälle in jeder Lebenslage meine Entscheidungen selbst und übernehme die volle Verantwortung für deren Konsequenzen. Wenn nicht ich, wer sonst sollte für mein Leben verantwortlich sein? Aus dieser Einsicht heraus nehme ich auch niemals anderen Menschen ihre Lebensentscheidungen ab.

Entschlossenheit / Unbeirrbarkeit

Ich gehe unbeirrt meinen Weg und lasse mich durch keine widrigen äußeren Umstände von dem für mich richtigen Pfad abbringen. Egal, ob ich für mein Sein und für mein Tun von anderen gerade gelobt oder getadelt, bewundert oder verurteilt werde – ich bleibe entschlossen.

ॐ

Entstrickungskraft

Ich bin mir darüber im Klaren, dass meine Wahrnehmungen und Verhaltensweisen aufgrund meiner früheren Handlungen stets durch bestimmte psychische Muster geprägt sind. Daher übe ich die Fähigkeit, diese subtilen Prägungen zu durchschauen und dann kraft meines freien Willens meine Bewusstseinsausrichtung zu verändern. Auf diese Weise kann ich alte, unliebsame Muster und Gewohnheiten allmählich auflösen und mich aus ihnen entstricken.

ॐ

Erfolg

Ich studiere aufmerksam die kosmischen Gesetze des Lebens und verhalte mich dann so, dass jeder meiner Handlungen immer der größtmögliche innere und äußere Erfolg beschieden ist.

Erfülltsein

Mein Glück ist keine Folge meines äußeren Erfolges, sondern meines inneren Erfülltseins.

ॐ

Erinnerungsvermögen

Meine positiven Erinnerungen sind meine Vorräte für seelische Durststrecken. Daher hüte ich sie besonnen und halte sie in Ehren.

ॐ

Ernsthaftigkeit

Es ist mir ernst mit den Tugenden: Ich entwickle zunächst in mir selbst all die positiven Eigenschaften, die ich mir von anderen wünsche.

Erwartungslosigkeit

Ich bemühe mich mit all meinem Wissen und all meiner Kraft, meine Aufgaben im Leben zu erfüllen und die vorgegebenen Ziele zu erreichen. Und doch bleibe ich erwartungslos und bin mir stets darüber bewusst, dass ich das Ergebnis meiner Bemühungen niemals erzwingen kann.

ॐ

Feindesliebe

Ich mache keinen Unterschied zwischen Freunden und Feinden und lasse die Energie meines Wohlwollens und meiner Liebe gleichermaßen zu allen Wesen fließen. Wer aber seinerseits mich als seinen Feind betrachtet, in dessen Energien und Taten mische ich mich aus Respekt vor seiner Entscheidung nicht ein.

ॐ

Feingefühl / Empfindsamkeit

Ich gebe acht auf meine feinen Gefühle und Empfindungen und behalte nur die schönen und positiven unter ihnen in Erinnerung. Denn am Ende zählt nicht, wie oft ich verletzt, sondern ob ich einmal wirklich berührt worden bin.

Festigkeit / Unerschütterlichkeit

Ich bleibe fest in meinem Selbst verankert und lasse mich vom Schicksal und davon, wie die Leute über mich reden oder wie sie mit mir umgehen, nicht erschüttern. Es sagt schließlich mehr über sie aus als über mich.

ॐ

Finanzielle Unabhängigkeit

Ich vermeide es, mich in finanziellen Angelegenheiten bei anderen zu verschulden, und ich gebe niemals Geld aus, das ich nicht habe. Auf diese Weise bewahre ich mir stets die größtmögliche Entscheidungs- und Handlungsfreiheit in meinem Leben.

ॐ

Flexibilität / geistige Beweglichkeit

Ich erinnere mich immer wieder daran, dass in dieser Welt nichts von Bestand ist und dass alles, was ich heute plane, sich schon morgen anders entwickeln kann. Daher bin ich sowohl in meinem Denken als auch in meinem Agieren und Reagieren alleweil flexibel und lasse mich jederzeit gerne vom Leben überraschen.

Folgsamkeit

Ich bin folgsam: Ich folge dem Licht, dem Wahren und Guten, dem Schönen und Göttlichen – und zwar ohne Vorbehalte und überallhin.

ॐ

Freiheit

Ich bin mir bei allem, was ich tue, immer darüber bewusst, dass ich ein freies Individuum bin – geschaffen, um in Freiheit und Selbstverantwortung mein eigenes Leben kreativ zu gestalten. Ich lasse es niemals zu, dass andere gegen meinen Willen diese meine wesensgemäße Freiheit beschneiden. Meinerseits beschneide ich ebenso niemals die Freiheit der anderen.

ॐ

Freisein von Fehlerfinden

Wer bei anderen nur Fehler zu finden sucht, begeht einen Fehler. Daher hüte ich mich davor, bei meinen Mitmenschen nur die Mängel und Schwachstellen zu sehen oder gar diese zu meinem Vorteil auszunutzen. Wenn ich bei anderen «Fehler» entdecke, dann versuche ich ihnen zu schenken, was ihnen fehlt.

Freisein von Schuldprojektion

Da ich weiß, dass ich für alles, was mir in meinem Leben widerfährt, selbst verantwortlich bin, schiebe ich niemals einem Mitmenschen die Schuld für das zu, was sein Handeln in mir auslöst. Dadurch befreie ich ihn und als Folge davon auch mich selbst von der Last unnötiger Schuld.

ॐ

Freisein von Zorn und Aggression

Ich lasse es nicht zu, dass ich unter die zerstörerische Gewalt von Zorn und Aggression gerate und dass ich damit die Kontrolle über mein Denken, Sprechen und Handeln in die Fänge negativer Energien abgebe. Statt dessen übe ich mich in Sanftmut, Zartheit und Weisheit.

ॐ

Freude

Ich finde Freude in allem, was mir begegnet – entweder die dankbare Freude des momentanen Glücks und Genusses oder aber die zuversichtliche Freude darüber, dass ich durch vorübergehende Widrigkeiten jetzt lernen und wachsen darf.

Freundlichkeit / Warmherzigkeit

Ich versuche, allen Lebewesen gegenüber ein wohlmeinender und warmherziger Freund zu sein – im Wissen darum, dass sie allesamt meine Verwandten und meine Wegbegleiter auf dem langen Weg nach Hause sind.

ॐ

Freundschaftlichkeit

Ich pflege behutsam und dankbar meine Freundschaften, denn Freundschaft ist der Reichtum des Herzens.

ॐ

Frieden / Friedfertigkeit

Je mehr ich auf dem Weg nach Innen Schritt um Schritt, Stufe um Stufe in meine Tiefe gehe, desto mehr finde ich Frieden und Zuflucht in mir selbst. Auch äußerlich komme ich in meinem Leben allmählich zur Ruhe und schließe Frieden mit Gott und mit der Welt.

Fülle

Ich lebe mein Leben aus dem Bewusstsein der Fülle heraus, nicht aus dem Bewusstseins des Mangels.

ॐ

Furchtlosigkeit

Ich lasse mich von nichts und von niemandem in Angst versetzen und gebe das Vertrauen in mich selbst und in meine Göttlichkeit niemals auf. Stattdessen vertraue ich darauf, dass mir nichts Schädliches widerfahren kann und dass ich niemals tiefer fallen kann als in die Hände Gottes, die mich jederzeit gütig auffangen.

ॐ

Furchtlosigkeit angesichts des Todes

Ich fürchte mich nicht vor dem Tode, denn der Tod hat nur dann Macht über mich, wenn ich an ihn glaube. Ich aber weiß, dass ich als Seele unsterblich bin. Wovor also sollte ich mich fürchten?

Fürsorge

Ich sorge mich nicht *um* meine Kinder oder um andere Menschen, sondern ich sorge *für* sie. Wenn ich besorgt bin und mir Sorgen mache, ziehe ich dadurch das Schwere und Unheilsame an. Bin ich aber fürsorglich und liebevoll, ziehe ich das Heilsame an.

ॐ

Gastfreundlichkeit

Genauso, wie Mutter Erde uns gütigerweise als willkommene Gäste auf diesem Schulungsplaneten empfangen hat und uns nunmehr liebevoll umsorgt und nährt, so sei auch mir jeder Gast in meinem Hause und in meinem Leben willkommen. Meine Güte und meine Kraft reichen allerdings nicht so weit wie die Güte und die Kraft von Mutter Erde: Wer in Freundschaft und Harmonie zu mir kommt, wird freundlich empfangen und zum Verweilen eingeladen; wer aber in Feindschaft und Disharmonie kommt, wird aufgefordert, rasch wieder weiterzuziehen.

Geduld / Duldsamkeit

Ich bemühe mich beständig darum, geduldig, verständnisvoll und nachsichtig mit meinen eigenen Unzulänglichkeiten und Mängeln sowie auch mit den Unzulänglichkeiten und Mängeln anderer zu sein. Ebenso versuche ich dann langmütig und duldsam zu sein, wenn der Rhythmus des Lebens ein anderer ist als meine Ungeduld ihn sich wünscht. Ich weiß ja: Alles braucht seine Zeit, und eine Pflanze wächst nicht schneller, wenn man an ihr zieht.

ॐ

Geben und Empfangen

Wenn ich im Austausch mit einem anderen wählen kann zwischen Geben und Empfangen, dann wähle ich das Geben. Wenn der andere zuvor das Geben gewählt hat, dann wähle ich dankbar das Empfangen.

ॐ

Gefühlsbalance

Ich lerne zu unterscheiden, in welchen Situationen meines Lebens ich mich ungehemmt meinen Gefühlen hingeben darf und in welchen Situationen ich meine Gefühle besser im Zaume halte. Gefühle sind meine Freunde, und meine Freunde verrate, unterdrücke oder verschwende ich nicht.

Gegenwärtigkeit

Ich lebe nirgendwo anders als in meinem Hier und Jetzt, denn es gibt nichts in der Schöpfung außer der ewigen Gegenwart, dem ewigen Sein. Alles andere ist eine hartnäckige, aufdringliche Illusion. Es geht für mich also bloß darum, in jedem Augenblick diese Wahrheit zu erkennen und mit ihr einverstanden zu sein.

ॐ

Gelassenheit

Ich lebe mein Leben in ruhiger Gelassenheit und im stillen Einverstandensein – im Wissen und im Vertrauen, dass alles seinen Sinn hat und dass letzten Endes alles, alles gut werden wird.

ॐ

Genügsamkeit

Ich übe mich in Genügsamkeit und beanspruche nur soviel an Bezahlung und Besitz, wie es für mein Auskommen erforderlich ist. Ich verzichte auf unnötigen Luxus sowie auch auf unrechtmäßige Vorteilsnahme auf Kosten anderer, selbst wenn die Möglichkeit dazu bestünde.

Gerechtigkeit

Ich achte in meinem Umgang mit mir selbst und mit anderen Lebewesen darauf, dass ich jedes Individuum in der ihm angemessenen Weise gerecht behandle. Mit derselben weisen und urteilsfreien Gerechtigkeit behandelt ja auch das Göttliche jeden einzelnen von uns.

ॐ

Gesundheit

Ich erachte meinen Körper als eine Leihgabe des Schöpfers, die mir gütigerweise zur Verfügung gestellt wurde, damit ich hier meine Wünsche ausleben und meine Aufgaben erfüllen kann. Deshalb achte ich darauf, diese Leihgabe sorgsam zu pflegen, ihre Bedienungsanleitung achtsam zu befolgen und der Gesundheit und dem Wohlbefinden meines Leibes und meines Geistes angemessen viel Zeit und Aufmerksamkeit zu widmen.

ॐ

Gewaltlosigkeit

Ich bin mir darüber bewusst, dass alles Lebendige liebenswert und schützenswert ist. Daher füge ich niemals einem Lebewesen absichtlich Leid, Schaden oder Erniedrigung zu – weder durch meine Taten noch durch meine Worte, noch in meinen Gedanken. In gleicher Weise übe ich auch Gewaltlosigkeit und Friedfertigkeit gegenüber mir selbst.

Glaube

An das Göttliche zu glauben, fällt mir nicht schwer.
Ich spüre es in mir.

ॐ

Glaubwürdigkeit

Ich stehe stets zu meinem Wort, und ich gebe anderen gegenüber niemals Versprechen ab, von denen ich weiß, dass ich sie nicht halten kann.

ॐ

Glücklichsein

Ich erkenne, dass ich jederzeit aus mir selbst heraus glücklich sein kann, da ich ja meines eigenen Glückes Schmied bin. Und je mehr mir dies gelingt, je mehr Glück ich also ausstrahle, desto eher vermag ich auch anderen zu helfen, in sich ebenfalls die Erfahrung von Glück zu erwecken.

Glückseligkeit

Ich ahne, dass jenseits des irdischen Wechselspiels von vergänglicher Freude und vergänglichem Leid, jenseits von Glück und Unglück noch eine andere, höhere, ewige Form des Glücklichseins mich erwartet. Die weisen Mystiker nennen diese Erfahrung Glückseligkeit, und schon der kleinste Tropfen dieses Nektars, wenn er zuweilen aus göttlicher Gnade in mein Dasein tropft, ist mir in dürftigen Zeiten ausreichend Ansporn zu Duldsamkeit und Durchhaltevermögen, zu Zweifelsfreiheit und Zuversicht. Glückseligkeit – ich bin unterwegs zu dir!

ॐ

Großzügigkeit / Freigebigkeit

Ich teile alles, was ich besitze, großzügig mit anderen: meine materiellen Habseligkeiten, meine Erkenntnisse und mein Wissen, meine Gefühle und meine Liebe. In gleicher Weise nehme ich es auch dankbar an, wenn andere etwas mit mir teilen möchten. Denn Glück macht dann glücklich, wenn wir es teilen.

Gründlichkeit

Ich übe die Fähigkeit, den Dingen in meinem Leben auf den Grund zu gehen und nicht an deren Oberfläche haften zu bleiben. Beim Positiven, Lichtvollen und Erhebenden gelange ich auf diese Weise rasch zum göttlichen Kern, wo ich mich gütlich laben und erquicken kann. Und beim Negativen, Unlichten und Erniedrigenden gelange ich zur Wurzel des Übels und kann diese dann mit Mut und Entschlossenheit aus meinem Bewusstsein und aus meinen Lebenskreisen beseitigen.

ॐ

Güte / Wohlwollen

Ich bin gütig und wohlwollend zu allen Wesen, die meinen Weg kreuzen, und ich behandle andere so, wie sie es sich wünschen und wie ich selber von ihnen behandelt werden möchte.

ॐ

Hilfsbereitschaft

Ich reiche anderen immer eine helfende Hand, wenn sie mich darum ersuchen, und ich versuche, ihnen zu geben, worum sie mich bitten – seien es materielle Güter, sei es meine Zeit und Aufmerksamkeit, sei es meine Unterstützung oder mein Rat. Ich dränge jedoch meine Hilfe niemals ungefragt anderen auf.

Hingabe

Ich lasse sämtliche selbstischen Wünsche, Erwartungen und Ziele in vollkommener Gelassenheit los und gebe mich voller Demut, Liebe, Weisheit und Vertrauen meiner inneren göttlichen Führung hin.

ॐ

Hoffnung

Wenn ich unbeirrt und angstlos der vorgezeichneten Spur meiner Schritte folge, gelange ich am Ende zum Ursprung. Das ist meine Hoffnung.

ॐ

Humor / Fröhlichkeit

Ich bleibe fröhlich und unverkrampft auch inmitten der Widrigkeiten und Widersprüchlichkeiten dieser Welt. Warum sollte ich zulassen, dass unvermeidliche Hindernisse und Probleme mich der Fröhlichkeit und des Lachens berauben? Ich weiß ja, dass letzten Endes alles Irdische bloß ein Schattenspiel ist.

Individualität / Nonkonformität

Ich bin einzigartig und individuell. Mutig wage ich es, anders als andere zu sein und auch das Ungewöhnliche zu tun, wenn es für mich das Richtige ist. Ich verstecke mich nicht hinter Masken der Konformität. Denn wenn ich nicht mich selbst bin, bin ich niemand.

ॐ

Inspirationsfähigkeit

Ich lasse es willig zu, dass wohlmeinende Lichtwesen mich auf meinem Lebensweg inspirativ unterstützen, und ich nehme ihre liebevolle Hilfe dankbar an. Ich durchschaue aber auch, wenn nicht-wohlmeinende Wesen versuchen, mich feinstofflich zu manipulieren, und weise diese dann freundlich, aber entschlossen zurück.

ॐ

Intuitionsfähigkeit

Ich vertraue meinem Bauchgefühl und öffne mich dem tiefen inneren Wissen, das ich in früheren Daseinsformen gesammelt habe, auf dass es mir auf meinem heutigen Wegstück dienlich sein möge.

Integrität

Ich halte unter allen Umständen an meinen ethischen Werten und Überzeugungen fest und bemühe mich, in allen Lebenslagen danach zu handeln. Ich lasse mich weder durch Angst oder Zweifel noch durch Drohung, Verführung oder Bestechung von meinem konsequenten, integeren Handeln abbringen.

ॐ

Karma

Ich kenne und anerkenne die kosmischen Gesetze, die das Wechselspiel von Freude und Leid, von Glück und Unglück steuern. So vermag ich eigenverantwortlich zu entscheiden, ob ich mich im Einklang mit diesen Gesetzen verhalten möchte oder nicht. Auch kenne ich sowohl meine karmisch erworbenen Talente und Stärken als auch meine karmischen Herausforderungen, und ich bemühe mich, sie alle konstruktiv dafür einzusetzen, im Hier und Jetzt meine Aufgaben und meine Bestimmung zu erfüllen. Denn ich weiß, dass ich nur auf diesem Wege in meinem Dasein erfolgreich sein und mich Stufe um Stufe erheben kann.

Kindlichkeit

Einem arglosen und unbekümmerten Kinde gleich tanze ich durch mein Leben, als schaute niemand mir zu, liebe ich, als wäre ich niemals verletzt worden, und lebe ich, als sei dies schon die ersehnte Heimat.

ॐ

Klarheit

Ich bemühe mich in jeder Hinsicht um größtmögliche Klarheit und vermeide Oberflächlichkeit, Verwirrung und Abschweifung sowohl in meinem Denken und Fühlen als auch in meinem Sprechen und Handeln. Klarheit ist der Schlüssel zu jedweder Tugend und zu jedweder Freiheit.

ॐ

Klugheit

Ich übe die Fähigkeit, das Richtige vom Falschen zu unterscheiden und mich für das Richtige zu entscheiden. Wenn ich mich aber entscheiden soll zwischen einem richtigen Entweder und einem richtigen Oder, dann entscheide ich mich für das Sowohlalsauch.

Kommunikation

Ich teile meine Gedanken und Gefühle möglichst deutlich, aufrichtig und unverfälscht mit anderen, so dass die Energie der Kommunikation ungehindert zwischen uns zirkulieren kann. Ich weise andere auch respektvoll darauf hin, wenn ich mich von ihnen unverstanden oder missverstanden fühle. Beim Empfangen von Mitteilungen versuche ich den Worten des anderen mit geöffnetem Herzen und klarem Verstand zu lauschen.

ॐ

Konsequenz

Ich achte darauf, dass ich jeder neu gewonnenen Erkenntnis und jeder neuen Einsicht in meinem Leben auch eine entsprechende neue Handlungsweise folgen lasse. Denn eine Erkenntnis, die ich nicht konsequent umsetze und praktisch anwende, könnte ich schon bald wieder verlieren.

ॐ

Konzentration / Meditation

Ich übe mich diszipliniert darin, meinen Geist auf ein Ziel zu bündeln und zu fokussieren – sowohl in meiner äußeren Lebensführung als auch auf meinem Weg nach Innen. Daher schaffe ich mir regelmäßig ausreichend freie Zeit für Einkehr und Besinnung. In meiner inneren Mitte angekommen, verbinde ich mich dann in Liebe mit meinem göttlichen Ursprung.

Kreativität / Schöpferkraft

Schöpferisch entfalte ich meine künstlerischen Potenziale und bringe etwas Neues, Eigenes in die Welt – einfach nur, um kreativ zu sein, und unabhängig davon, ob ich dafür Aufmerksamkeit und Anerkennung ernte oder nicht.

ॐ

Kritikfähigkeit / Selbstreflexion

Ich halte meine bisherigen Ansichten und Meinungen nicht für das einzig richtige Maß aller Dinge und nehme daher gerne von anderen konstruktive Kritik an, um meinen Horizont zu weiten. Ich halte nicht einfach nur um des Rechthabens willen stur an Gewohntem und Unzulänglichem fest, sondern ich möchte dazulernen, mich weiterentwickeln und innerlich wachsen. Daher reflektiere und hinterfrage ich auch immer wieder mich selbst und übe an mir selber konstruktive Kritik.

ॐ

Kühnheit

Ich schwebe durch Raum und Zeit und gehöre doch keinem von beiden an. Ich bin alleine und doch nicht einsam, und selbst wenn ich mich einsam fühle, bin ich doch niemals alleine. Kühn halte ich mich fest am Unvergänglichen, das mich auf ewig festhält.

Kunstfertigkeit / Sachkundigkeit

Ich erfülle meine Aufgaben und Pflichten nach bestem Wissen, Gewissen und Können und bilde mich beständig in jenen Fertigkeiten und Künsten weiter, die meiner Bestimmung dienlich sind.

ॐ

Lebendigkeit

Ich bin ein lebendiges Wesen, ein Geschöpf der kosmischen Lebendigkeit. Ich bin am Leben, bin des allgegenwärtigen Lebens auf diesem Erdplaneten teilhaftig. Ich bin fähig zu wollen und zu denken und zu fühlen, ich habe Wünsche und Pläne und Träume und Sehnsüchte. Ich bin vielfältig und bunt und reich und kostbar. Ich atme und bin fähig zu sprechen und zu handeln, zu dienen und zu lieben. Wie also könnte ich meine Lebendigkeit verbergen? Warum sollte ich stumpf und grau als Toter durch das Geschenk meines Daseins wandeln?

ॐ

Lebensfreude

Ich nehme mir niemals so viel zu tun vor, dass ich keine Zeit mehr finde, mich meines Lebens zu erfreuen.

Leichtigkeit / Heiterkeit

So oft es mir gelingt, lebe ich mein Leben in unbeschwerter Freude, in heiterer Bejahung und in spielerischer Leichtigkeit. Warum sollte ich mich beschweren mit irgend etwas anderem? Und übrigens: Leichtigkeit ist gar nicht so schwer.

ॐ

Leistungsfähigkeit

Ich setze meine ganze Energie und Leistungsfähigkeit dankbar dafür ein, dass ich meine Ziele erreichen werde. Doch bevor ich emsig die Karriereleiter emporklettere, vergewissere ich mich, dass sie auch tatsächlich an meiner Mauer steht.

ॐ

Lernfähigkeit

Ich erinnere mich stets daran, dass diese Erde ein Schulungsplanet ist und dass ich hierher gekommen bin, um im Verständnis über mich selbst zu wachsen und zu reifen. So nehme ich dankbar jede Lernmöglichkeit an und weiß dabei auch, dass es nicht schlimm ist, wenn ich beim Leben Fehler mache. Ich achte einfach darauf, aus jedem meiner Fehler etwas zu lernen.

Licht

Wenn es mir gelingt, über meinen Schatten zu springen, werde ich zu Licht.

ॐ

Liebe

Mir ist bewusst, dass die Liebe die höchste aller Empfindungen sowie auch das höchste und letztlich das einzig wirklich wichtige Ziel menschlichen Lebens und Strebens darstellt. Ich mache daher das Liebenlernen zur wichtigsten Priorität in meinem Dasein und richte all mein Denken, Fühlen, Sprechen und Handeln immer nach der Liebe aus. Auf diese Weise versuche ich, mit jedem Tag meine Liebesfähigkeit ein klein wenig zu vergrößern.

ॐ

Liebenswürdigkeit

Ich verhalte mich gegenüber allen Menschen, die mir auf meinem Lebensweg begegnen, in einer solchen Weise, dass sie sich in meiner Nähe wohlfühlen und dass sie im Austausch mit mir ihre eigene Liebesfähigkeit vergrößern können.

Losgelöstheit

Ich häufe nichts Materielles an, das ich nicht jederzeit wieder loslassen könnte. Auf diese Weise löse ich mich schon jetzt von allem, was für mein Herz unwichtig ist. Denn ich weiß: Es sind nur drei Dinge, die ich im Tode mitnehmen werde – meine unerfüllten Wünsche, mein zukünftiges Schicksal und die Liebe, die ich entfaltet habe.

ॐ

Loyalität

Ich erweise mich des Vertrauens, das andere in mich setzen, jederzeit als würdig und nutze auch ihre Unzulänglichkeiten und Mängel niemals aus.

ॐ

Maßhaltung

Ich suche in allem den goldenen Mittelweg zwischen dem Mangel des Zuwenig und dem Übermaß des Zuviel.

Mildtätigkeit / Barmherzigkeit

Ich spende Almosen – insbesondere denjenigen Mitgliedern der Gesellschaft, die notleidend und bedürftig sind oder die ihr Leben ausschließlich spirituellen Tätigkeiten widmen. Dabei bin ich weder kleinlich noch verschwenderisch. Ich übe auch dann Mildtätigkeit, wenn keiner es sieht oder wenn es für mich keinen unmittelbaren Vorteil nach sich zieht.

ॐ

Mitgefühl / Anteilnahme

Ich zeige Anteilnahme, Mitgefühl und Sympathie mit jedem leidenden Wesen und leiste wann immer möglich Beistand, um sein Leiden zu lindern – sei es durch meine Taten oder durch meine Worte, durch die Kraft meiner Gedanken oder durch die Kraft meiner Gefühlsenergien. In gleicher Weise hege ich auch Mitgefühl mit fröhlichen, glücklichen Wesen und versuche, mich dankbar in ihre Gefühle des Frohsinns und des Glücklichseins mit einzuschwingen.

ॐ

Mut / Zivilcourage

Ich bin mutig genug, um in jedweder Situation das zu sagen und zu tun, was ich in dem Moment für richtig halte – auch wenn ich dabei zuweilen unverstanden bleibe oder gar dafür abgelehnt, ausgegrenzt oder angefeindet werde.

Nachsicht

Ich übe die Fähigkeit, anderen ihre Irrtümer, Mängel und Fehler nachzusehen und zu verzeihen. In gleicher Weise bin ich auch mir selbst gegenüber nachsichtig und verzeihe mir meine eigenen Irrtümer, Mängel und Fehler. Denn ich weiß ja: Niemand ist vollkommen, und ich selbst bin es gewiss auch nicht.

ॐ

Nächstenliebe und Fernstenliebe

Wir sollen unseren Nächsten lieben wie uns selbst, heißt es, und wohltätig zu ihm sein und ihm unser Mitgefühl und unsere aktive Fürsorge schenken. Ich halte dies für höchst erstrebenswert und bemühe mich nach besten Kräften, dieser hehren Forderung nachzukommen. In meinem Inneren aber sehne ich mich nach einer Liebe, die allumfassend und grenzenlos ist, die nicht unterscheidet zwischen nahe und fern, zwischen Freund und Feind, zwischen einem Bruder und einem Fremden – einer Liebe, die zum Ausdruck bringt, dass jedes Lebewesen, ja die gesamte Schöpfung wertvoll und liebenswert ist. Ich sehne mich nach bindungsfreiem Wohlwollen allen Menschen und allen Geschöpfen gegenüber, das nicht auf eine bestimmte Person oder einen bestimmten Personenkreis beschränkt ist. Ja, ich sehne mich nach Nächstenliebe *und* Fernstenliebe.

Naturverbundenheit

Die Natur mit ihrer unbeschreiblichen Schönheit und Weisheit, mit ihrer unüberschaubaren Weite, Vielfalt und Kraft ist ein Abbild der Kraft, der Vielfalt und der Weite, der Weisheit und der Schönheit ihres Schöpfers. In der Natur offenbart sich das Göttliche. Wenn es mir also gelingt, mein Gemüt wahrhaft auf die Natur einzuschwingen und mich mit ihr zu verbinden, nähere ich mich dadurch dem Göttlichen.

ॐ

Neidlosigkeit

Ich beneide meinen Mitmenschen nicht um das, was er hat oder was er ist. Ich gönne ihm sowohl seinen Besitz als auch seine Position, denn er hat sich beides durch seine Taten redlich verdient. Statt ihn zu beneiden, schließe ich Freundschaft mit ihm und diene ihm.

ॐ

Nüchternheit

Ich vermeide jegliche Art von Abhängigkeit und Süchten – aus Respekt vor der Göttlichkeit in mir.

Offenheit / Aufgeschlossenheit

Wie eine Blüte, die sich vertrauensvoll öffnet und sich der Sonne entgegenstreckt, so bin auch ich offen für das Wahre und das Gute und halte stets Ausschau nach dem Schönen – in jedem Menschen, in jedem Lebewesen, in der gesamten Schöpfung. Wenn ich mich dem Wahren und Guten und Schönen nicht verschließe, wird es mir überall begegnen, und ich werde es überall erkennen.

ॐ

Optimismus

Ich bin mir darüber bewusst, dass das Gute immer stärker ist als das Ungute, das Licht immer stärker als das Unlicht. Daher übe ich in jeder Lebenslage Optimismus und wünsche mir und anderen nur positive Dinge.

ॐ

Ordnungssinn

Ich erkenne in allem eine höhere kosmische Ordnung und gestalte daher auch meine eigenen Gedanken, Gefühle und Worte sowie meine alltäglichen Handlungen als ein würdiges Abbild dieser kosmischen Ordnung.

Pflichtbewusstsein / Gewissenhaftigkeit

Es gibt für mich im Grunde nur eine Pflicht – die des Glücklichseins. Denn sie schließt alles andere mit ein. Wenn ich tatsächlich in der Tiefe meines Daseins glücklich sein möchte, dann erfülle ich gewissenhaft meine Lebensaufgaben, diene den anderen Geschöpfen und strebe nach Erkenntnis und nach der Entfaltung von Tugenden. Daher frage ich: Geht es im Leben nicht einzig und alleine darum, dass wir das suchen, finden und tun, was unser Herz wahrhaftig glücklich macht? Ist nicht alles andere bloßes Beiwerk?

ॐ

Phantasie

Wenn mir meine jetzige Realität nicht gefällt, so erschaffe ich mir durch die Kraft meiner Phantasie eine andere.

ॐ

Poesie

Ich erkenne in allem das Schöne, das Gute und das Wahre und zelebriere es an jedem Tag meines Lebens. Und wo ich nichts Schönes, nichts Gutes und nichts Wahres zu erkennen vermag, dort erschaffe ich es.

Reinheit

Ich halte mich äußerlich und innerlich sauber und reinige regelmäßig meine Umgebung und meinen Körper sowie auch meine Gedanken und Gefühle von allem, was mir nicht entspricht und was mir nicht gut tut. Denn Klarheit und Reinheit ziehen das Göttliche an.

ॐ

Respekt / Achtung

Ich respektiere unter allen Umständen den freien Willen jedes Geschöpfes und versuche niemals, manipulativ in dessen Leben einzugreifen. Ich achte jedes Lebewesen so, wie ich selber von anderen geachtet werden möchte. In gleicher Weise achte ich auch mich selbst und gehe respektvoll und behutsam mit mir und meinem freien Willen um.

ॐ

Reuelosigkeit

Ich bereue niemals das Vergangene. Denn mein Leben besteht aus einer langen Kette von Gelegenheiten – von verpassten und von wahrgenommenen. Welche Gelegenheit ich wahrgenommen habe, war meine eigene Entscheidung, und welche ich verpasst habe, ebenfalls. Was also sollte ich bereuen?

Rücksicht und Voraussicht

Ich schaue nicht zurück.
Mein Weg führt in die andere Richtung.

ॐ

Ruhe / Stille

Auf einer Zeitinsel der Ruhe und der Stille gönne ich mir regelmäßig eine Auszeit von meinem Alltagsgetriebe. Auf dieser Insel habe ich nichts anderes zu tun als nichts zu tun. Und wenn ich heute mit meinem Nichtstun nicht ganz fertig werde, dann mache ich einfach morgen weiter damit.

ॐ

Schönheitsliebe

Ich schenke dem Schönen mehr Raum in meinem Leben. Dann bleibt für das andere weniger Platz.

Schuldlosigkeit / Unschuld

Es gibt keine unverzeihliche Sünde, keine ewige Schuld und keine Verdammnis, denn die Erde ist ein Schulungsplanet, auf dem es gestattet und natürlich ist, unreif zu sein und Fehler zu machen. Was es aber gibt, ist Verantwortung und die Aufforderung, hier diese Verantwortung zu erlernen. Daher bin ich bereit, für alles, was mir in meinem Leben widerfährt, die volle Verantwortung zu übernehmen. Zugleich verzeihe ich mir selber alle meine aus Unreife gemachten Verfehlungen der Vergangenheit und gebe mir somit die Chance, jeden neuen Tag unbelastet in Reinheit und Unschuld zu beginnen. Warum also sollte ich mir selbst gegenüber Schuldgefühle haben?

ॐ

Schweigsamkeit

Ich schweige erstens, wenn es nichts Wichtiges oder nichts Gutes zu sagen gibt. Zweitens schweige ich, wenn ich stattdessen lügen müsste. Und ebenso schweige ich drittens, wenn die anderen das, was ich zu sagen habe, nicht hören möchten.

Sehnsuche

Mein wahres Glück ist nicht, dass ich bekomme, wonach ich mich sehne. Mein wahres Glück ist, dass ich überhaupt Sehnsucht verspüre.

ॐ

Selbständigkeit

Ich stehe fest in mir selbst und bin unter allen Umständen immer Herr und Meister meiner eigenen Lebensführung. Ich wähle meine Entscheidungen, Worte und Taten selber und übernehme für sie die volle Verantwortung. Ich mache mich von niemandem abhängig und lasse mich niemals durch andere von meinem Weg abbringen.

ॐ

Selbstanerkennung

Was andere über mich denken, kratzt mich nicht; ich versuche einfach, mit mir selbst im Reinen zu sein. Erwartungen, die andere an mich stellen, brauche ich nicht zu erfüllen; ich versuche einfach, immer mein Bestes zu geben. Wenn andere von mir enttäuscht sind, bin ich nicht beleidigt; ich versuche einfach, mir selbst treu zu bleiben. Ich bin, wie ich bin.

Selbsterkenntnis

Ich ergründe mein Selbst und erkenne, wer ich in meinem innersten Wesenskern bin und worin meine Aufgaben in diesem Leben bestehen. Zugleich bin ich mir aber auch über meine ewige Identität und Bestimmung bewusst, die weit über mein jetziges Erdenleben hinausgeht. Auch sie versuche ich allmählich zu erkennen.

ॐ

Selbstgenügsamkeit

Ich genüge mir selbst und bin daher nicht auf materielle Besitztümer oder auf mentale Belohnungen wie Lob und Anerkennung angewiesen. Für mein Erfülltsein brauche ich nichts außer der Gewissheit, dass ich ein Teil des Vollkommenen bin.

ॐ

Selbstliebe

Weil ich mich selbst liebe, investiere ich meine Gefühle und meine Aufmerksamkeit, meine Zeit und mein Geld in meine persönliche innere Entwicklung und achte darauf, dass es mir jederzeit rundum gut geht. Nur dann bin ich imstande, auch anderen Liebe zu schenken.

Selbstlosigkeit

Der erste Sinn meines Lebens besteht darin, meine Bestimmung zu finden. Der zweite darin, mich durch diese Bestimmung selbstlos zu verschenken.

ॐ

Selbstvertrauen

Ich traue mir zu, meine Lebensziele eigenständig zu erreichen und meine Lebensaufgaben erfolgreich zu erfüllen. Ich lasse mich dabei weder von Rückschlägen des Schicksals noch von dem Gerede oder dem Getue anderer Menschen entmutigen. Dieses mein Selbstvertrauen ist die Frucht meines Urvertrauens in das Göttliche, dessen Teil und Diener ich bin. Warum also sollte ich an mir selbst zweifeln?

ॐ

Selbstwahrnehmung

Ich nehme mich wahr als das, was ich in Wahrheit bin: Mein Körper ist kristallisiertes Licht, mein Geist ist verdichtete Klarheit, und meine Seele ist grenzenlose Freude.

Selbstwert

Ich schenke mir selbst – meinem Wesen, meinem Gemüt und meinen Handlungen – einen angemessenen Wert. Ich lasse es nicht zu, dass missliche Umstände oder missmutige Menschen mir meinen Wert als einzigartiges Individuum herabsetzen.

ॐ

Sinnesbeherrschung

Ich beobachte und beherrsche wohlwollend die Dränge meiner körperlichen Sinne, um destruktive Triebe wie Gier, Lust und Zorn zu bändigen. Ich verurteile mich jedoch nicht dafür, wenn diese Dränge zuweilen noch stärker sind als meine Beherrschung.

ॐ

Sorglosigkeit

Ich lasse meine Sorgen los. Je weniger ich mich ärgere, desto mehr werde ich Freude in mir finden.

Souveränität

Ich brauche niemand anderen, um vollständig zu sein. Aber es tut gut, jemanden in der Nähe zu haben, der mich vollständig bejaht.

ॐ

Spontaneität

Die Erfahrung hat mich gelehrt, dass das Leben voller Wendungen und Überraschungen steckt und dass ich im Grunde nichts planen kann, ohne zugleich damit zu rechnen, dass alles anders kommt als geplant. Deshalb übe ich mich in der Kunst der Spontaneität, denn sie ist die einzige verlässliche Vorbereitung auf die Überraschungen und Abenteuer des Lebens.

ॐ

Tapferkeit

Ich bin tapfer genug, einer schwierigen Situation furchtlos entgegenzutreten und mich für das Richtige einzusetzen. Ich vermeide dabei sowohl Feigheit als auch tollkühnes Draufgängertum.

Tatkraft

Voller Lebenslust und Tatkraft wache ich tagtäglich auf. Denn jeder Morgen schenkt mir eine neue Möglichkeit, mir einen glücklichen Tag zu gestalten.

ॐ

Tiefgründigkeit

Was ich im Außen suche, finde ich letztlich nur in mir. Und was ich nicht in mir säe, werde ich auch im Außen nicht ernten. Alle Wahrheit und alle Erfüllung ruhen in der Tiefe des Inneren.

ॐ

Toleranz

Ich vermeide Intoleranz und Engstirnigkeit und lasse die persönlichen Lebenserkenntnisse, Ansichten, Meinungen und Realitäten anderer gerne gelten, selbst wenn ich sie nicht teile. Ich finde immer irgendetwas, das ich mit einem anderen Menschen gemeinsam habe und das uns verbindet.

Treue

Meine erste Treue gilt mir selbst: Ich bemühe mich, in jeder Lebenslage mir selber treu zu bleiben und allen inneren und äußeren Widerständen zum Trotz an dem festzuhalten, was für mich richtig und wichtig ist. Meine zweite Treue gilt dem Göttlichen: Nun, da ich einen Tropfen des ewigen Nektars kosten durfte, habe ich mir vorgenommen, niemals wieder den Pfad zu verlassen, der mich mit jedem Tag einen Schritt näher hin zu meinem göttlichen Ursprung führt. Meine dritte Treue gilt meinen Freunden und allen Menschen: Ich verspreche euch, euch stets ein verlässlicher und beständiger Mitmensch zu sein und euch niemals zu hintergehen oder absichtlich zu enttäuschen.

ॐ

Tugendhaftigkeit

Untugend? Nein danke. ☺

Unabhängigkeit

Ich erkenne, dass ich jederzeit aus mir selbst heraus ausreichend stark und lebensfähig bin. So komme ich nicht in Versuchung, mich unnötigerweise von anderen abhängig zu machen und andere dadurch mit der Verantwortung für mein Leben zu belasten. Es gibt nur eine Instanz, von der ich abhängig bin: vom Absoluten.

ॐ

Unaufdringlichkeit

Wenn mein Mitmensch sich von mir zurückziehen und alleine sein will, so lasse ich ihn respektvoll in seiner Ruhe. Wenn er sich mir dann wieder nähert und sich erneut mit mir austauschen möchte, wende ich mich ihm ebenso respektvoll wieder zu.

ॐ

Unbekümmertheit / Unbeschwertheit

Ich weile hier auf der Erde, um mit den Engeln zu beten, mit den Elfen zu tanzen und mit den Menschen zu lieben. Was also sollte mich bekümmern?

Unterscheidungskraft

In einer Welt der Vielfalt und der Unterschiedlichkeit bemühe ich mich zunächst darum, die spezifischen Eigenheiten und die Qualität eines jeden Dinges zu erkennen. Dann stelle ich in meinem eigenen Denken, Sprechen und Handeln das Gute vor das Ungute, das Richtige vor das Falsche, das Wesentliche vor das Unwesentliche, das Erhebende vor das Erniedrigende.

ॐ

Unterstützung

Wenn mein Mitmensch eine Lebensentscheidung getroffen hat – beispielsweise dass er sich verändern und sich weiterentwickeln möchte –, so unterstütze ich ihn nach besten Kräften und mit allen meinen Talenten und freue mich darüber, wie er wächst und sich entfaltet.

ॐ

Urvertrauen

Mit jeder neuen Erfahrung in meinem Leben, mit jeder Freude und jedem Kummer, mit jeder Enttäuschung und jeder Erkenntnis entwickle ich Stufe um Stufe mein unerschütterliches Urvertrauen in das Göttliche und in die höhere Führung, in die wir alle eingebettet sind.

Verantwortungsbewusstsein

Ich bin mir darüber bewusst, dass ich mir durch meine Wünsche und Handlungen stets mein Schicksal selbst erschaffe. Daher übernehme ich für alles, was mir in meinem Leben begegnet – wie angenehm oder unangenehm es auch sei – die persönliche Verantwortung und vermeide es, die Schuld daran auf andere zu projizieren.

ॐ

Verbundenheit

Ich fühle mich harmonisch und liebevoll verbunden mit allem: Über mir ist der Himmel mit seinem Licht, unter mir die Erde, die mich trägt, und dazwischen ein Engel, der mich begleitet. Was also kann mir schon geschehen?

Vergebung / Verzeihung

Ich vergebe allen Wesen, was sie mir an Verletzungen und an Ungutem antun oder in der Vergangenheit angetan haben. Ich distanziere mich von Rachegelüsten und Vergeltungssucht, denn ich bin mir im Klaren darüber, dass auch der größte Widersacher in seinem tiefsten Innern eine ewige Seele auf der Suche nach Glück und nach seinem richtigen Weg ist. In gleicher Weise verzeihe ich auch mir selber alles Ungute, das ich jemals gedacht, gesagt und getan habe. Vergebung ist der erste Schritt in die Freiheit – in die der Widersacher wie auch in meine eigene.

ॐ

Verlässlichkeit

Ich achte darauf, dass andere sich immer auf das verlassen können, was ich sage und verspreche.

ॐ

Verstandeskontrolle

Ich beobachte und kontrolliere wohlwollend die Dränge meines Verstandes und übe Klarheit und inneren Frieden, um destruktive Störungen wie Launenhaftigkeit, Verwirrung und Verrücktheit zu bändigen. Ich verurteile mich jedoch nicht dafür, wenn diese Dränge zuweilen noch stärker sind als meine Beherrschung.

Verständnis

Ich versuche in gütigem Wohlwollen und in größtmöglicher Liebe, zum einen das wahre innere Wesen sowie zum anderen auch die persönlichen Bedingtheiten, Probleme und Herausforderungen meiner Mitmenschen zu erkennen. So kann ich lernen, ihnen urteilsloses Verständnis für ihr jeweiliges Denken, Fühlen, Sprechen und Handeln entgegenzubringen und sie vor der Belastung des Unverstandenseins zu bewahren.

ॐ

Vertrauen

Das Leben schenkt mir nicht immer, was ich will, aber immer das, was gut für mich ist – oder was schon bald gut für mich sein wird. Darauf vertraue ich.

ॐ

Vertrauenswürdigkeit

Ich verhalte mich so, dass andere mir vertrauen können, da sie erkennen, dass ich weder lüge noch betrüge, noch sie in sonst einer Weise zu übervorteilen suche. Solches gegenseitiges Vertrauen ist die Grundlage sowohl für Freundschaft als auch für Liebe.

Vielseitigkeit / Vielfältigkeit

Ich stehe zu meiner Vielseitigkeit und erkenne mich in jeder einzelnen meiner vielfältigen Farben und Facetten wieder. Ich gebe acht darauf, dass ich jeder meiner Farben ausreichend Zeit und Raum in meinem Leben gewähre, auf dass keine verkümmert. So bleibt mein Leben bunt, auch wenn der Alltag zuweilen grau erscheint.

ॐ

Vollkommenheit

Ich strebe in allem, was ich tue, nach der Vollkommenheit – obschon ich mir darüber bewusst bin, dass ich sie in dieser Welt niemals werde erreichen können.

ॐ

Vorurteilslosigkeit / Unvoreingenommenheit

Ich bemühe mich darum, jedem Menschen und jeder Situation in meinem Leben unvoreingenommen und ohne Vorurteile zu begegnen. Da ich oft genug selbst erfahren habe, wie einengend und enttäuschend es ist, wenn man von anderen bloß durch einen Schleier aus Vorurteilen und Vorverurteilungen gesehen wird, erspare ich dies meinen Mitmenschen. In einem nächsten Schritt verzichte ich auch auf Nachurteile, verzichte ich gänzlich darauf, über Menschen zu urteilen.

Wahrhaftigkeit / Aufrichtigkeit

Ich spreche unter allen Umständen immer die Wahrheit, soweit sie mir bewusst ist – ohne sie zu verdrehen, aber wenn irgend möglich auch ohne andere damit zu verletzen. Ich bin auch mir selbst gegenüber immer ehrlich, aufrichtig, authentisch und integer.

ॐ

Weitsicht

Wohin mein Auge auch blickt – es sieht nichts als das große Nichts. Und dazwischen und überall darum herum schwingt, ungesehen, das große Alles. Wovor also sollte ich mich fürchten?

ॐ

Willenskraft

Voller Willenskraft und Entschlossenheit schreite ich durch mein Leben – im Wissen darum, dass alle Hindernisse auf meinem Weg einzig dazu da sind, überwunden zu werden, auf dass ich an ihnen wachse.

Wissen und Weisheit

Ich studiere gewissenhaft die Erkenntnisse und die Weisheiten der Kulturen, Völker, Philosophen und Dichter der Vergangenheit und lerne, was sie mich zu lehren haben. Ich versuche dann – so gut es mir möglich ist –, nach den für mich klarsten und klügsten dieser Lehren konsequent zu leben und somit gelerntes Wissen in gelebte Weisheit zu verwandeln. Auf diese Weise werde selbst ich vielleicht allmählich weise.

ॐ

Wunschlosigkeit

Wenn ich mir etwas wünschen dürfte, so wünschte ich mir Wunschlosigkeit. Denn je weniger Wünsche, Ansprüche und Forderungen ich an die Welt habe, desto mehr gewahre ich ihre unendliche Güte und Großzügigkeit – und desto freier werde ich.

ॐ

Zielstrebigkeit

Ich denke immer an mein Ziel, aber gehe immer nur meinen nächsten Schritt.

Zufriedenheit

Ich bin zufrieden mit dem, was von selbst in mein Leben kommt oder was für mich ohne übermäßige Anstrengung und in Würde erreichbar ist. Auf diese Weise bewahre ich mich vor Enttäuschungen, Ernüchterungen und endlosem Jammern und Wehklagen. Und: Durch diese Zufriedenheit finde ich letztlich *zu Frieden*.

ॐ

Zuversicht

Da ich ohnehin niemals genau wissen kann, was das Leben noch alles für mich bereit hält und was die Zukunft mir noch bringen wird, gehe ich angstfrei davon aus, dass am Ende alles gut sein wird. Aus welchem Grund sollte ich davon ausgehen, dass es nicht gut sein wird?

ॐ

Zweifelsfreiheit

Je weniger ich zweifle, desto mehr werde ich verstehen. Deshalb strebe ich nach Einheit und Klarheit in meinem Geist und versuche vom Glauben in die Erkenntnis, vom Wissen in die Weisheit zu gelangen.

Glück macht
dann glücklich,
wenn wir es teilen.

Leichtigkeit
ist gar nicht so schwer.

Schenke dem Schönen
mehr Raum in deinem Leben.
Dann bleibt für das andere weniger Platz.

Halte Ausschau
nach dem Schönen in der Welt,
und es wird dir überall begegnen.

schau
nicht
zurück.
dein weg führt
in die andere richtung.

Niemand braucht
einen anderen,
um vollständig
zu sein.
Es reicht schon,
jemanden zu haben,
der uns vollständig
bejaht.

Was du im Außen suchst,
findest du nur in dir.

Denke immer an dein Ziel,
aber gehe immer nur
deinen nächsten Schritt.
Ronald Zürrer

Weitere Bücher von Ronald Zürrer

Poetische Texte aus drei Jahrzehnten.

Ronald Zürrer

SEHNSUCHE

Poetische Texte

GRATIS-BUCH als Geschenk!

ISBN 978-3-905831-01-6
220 Seiten, gebunden,
Schutzumschlag, Leseband
Gratis-Aktion: völlig kostenlos!

«Wahres Glück ist nicht, dass wir bekommen, wonach wir uns sehnen. Wahres Glück ist, dass wir überhaupt Sehnsucht verspüren.»

Ronald Zürrer, Dichter der Sehnsucht nach dem Schönen, Wahren und Guten in einer dürftigen Zeit und Welt, legt in diesem edlen Bändchen eine Auswahl seiner schönsten poetischen Texte aus drei Jahrzehnten vor.

Ob Gedicht oder Prosatext oder Aphorismus – hier schwingen geduldiges Einverstandensein und kraftvolle Rebellion harmonisch nebeneinander, hier leuchten Zuversicht und Einsicht in das innerste der Welt, hier atmen Sehnsucht und das Heimweh nach einer fernen Heimat, die nicht nur irgendwo jenseits des Universums existiert, sondern auch lebendig in jeder individuellen Seele schlummert.

Bewegende und ermutigende Texte, wie sie die heutige Zeit braucht.

Ausgewählte Texte der Liebe.

Ronald Zürrer

ROSENSCHÖNE

Texte der Liebe

ISBN 978-3-905831-02-3
106 Seiten, gebunden,
Schutzumschlag, Leseband
€ 10,00 / Fr. 15.00

«Was wirklich zählt, wenn alles gesagt ist und getan, wenn alles erlebt ist und durchstanden, wenn alle Wege sich gekreuzt haben und alle Erfahrungsblumen gepflückt sind – was wirklich zählt, ist die Liebe.»

In seinen romantischen Gedichten, Prosatexten und Aphorismen offenbart Ronald Zürrer einen Kranz zartester Blüten aus dem reichen Garten seiner Gefühle. Für ihn umfasst Liebe nicht nur das leichte, schmetterlinghafte Schweben des Verliebtseins, sie kann und soll uns darüber hinaus auch das Herz für ein inniges, ehrliches Verbundensein öffnen, das uns den Blick auf die Schönheit und Sinnhaftigkeit dieser Welt entschleiert. Hier gehen melancholische Einsamkeit und gemeinsam gefeierte Lebensbejahung Hand in Hand, tränenvolle Traurigkeit und jubelnde Freude wechseln sich wie Jahreszeiten ab und ergänzen sich zu einer Einheit.

Die «Rosenschöne» ist für den Dichter das Sinnbild der ewig Geliebten und Ersehnten, die dem Herzen stets so nah ist und doch in wunderlicher Weise immer unerreichbar bleibt.

Weitere Bücher von Ronald Zürrer

Ein berührendes literarisches Kleinod.

Ronald Zürrer

SONNENLIEBE

Ein Traum Hermann Hesses

ISBN 978-3-906347-97-4
114 Seiten, gebunden,
Schutzumschlag, Leseband
€ 10,00 / Fr. 15.00

Achtzehn Jahre nach seinem Tode begegnet der Dichter Hermann Hesse in einem Traum fünf jungen Menschen, denen er sich auf wundersame Weise brüderlich verwandt fühlt. Gleich ihm sind sie Wahrheitssuchende und Wanderer auf dem Weg nach Innen, dem Weg zu sich selbst und zur Quelle des Lebens. «Sonnenliebe» lautet ihr Bekenntnis – die Liebe zur Sonne als dem Symbol des Göttlichen, des unendlichen Lichtes und der grenzenlosen Wärme in ihrem eigenen Innern.

Als Sonnenkinder, als Töchter und Söhne dieses ewigen Lichts, sind sie flatternde Schmetterlinge im Garten der Welt, blühende Bäume im Walde allen Lebens. Ihre Geschichten und ihr Ruf singen nicht nur den glücklichen, dankbaren Dichter aus dem Schlafe, sondern schneien in der Folge auch warm und leise auf die Erde hinunter und vermögen jeden zu verzaubern und zu verwandeln, der mit Sonnenliebe in Berührung kommt.

Das eindrückliche Erstlingswerk von Ronald Zürrer, verfasst im Alter von 18 Jahren.

Weitere Bücher im Govinda-Verlag

Eine Sonderausgabe des Literatur-Nobelpreisträgers.

Hermann Hesse

INDISCHER LEBENSLAUF

(Illustrierte Sonderausgabe)

ISBN 978-3-905831-04-7
102 Seiten, gebunden,
Schutzumschlag, Leseband
€ 14,00 / Fr. 22.00

Der «Indische Lebenslauf» – ein literarisches Kleinod in Hermann Hesses Schaffen – erzählt die berührende Geschichte des Fürstensohns Dasa, der von seiner Stiefmutter vom Hofe vertrieben wird und das Leben eines einfachen Hirtenjungen führt, bis er sich vom Liebeszauber der schönen Pravati verzücken läßt und zunächst sesshaft, dann betrogen und enttäuscht und schließlich zum Totschläger wird. Gebannt von der Erhabenheit eines heiligen Yogin sucht er Zuflucht in dessen einsamer Waldhütte, vermag dort jedoch nicht zu bleiben und macht sich auf, sich seine verlorene Gattin und seinen rechtmäßigen Fürstenthron zurückzuholen und sich dem Leben der Welt mit all seinen brennenden Wonnen und Schmerzen zu stellen ...

Vervollständigt wird dieser Band durch einige ausgewählte Gedichte Hermann Hesses, eine Anrufung aus den Upanishaden sowie siebzehn exklusiv für diese Sonderausgabe angefertigte ganzseitige Illustrationen des Schweizer Künstlers Urban Trösch.

Ein zauberhaftes Schmuckstück, das in keiner Hesse-Sammlung fehlen sollte.